अदृश्य पंजों की छाप

प्रमोद कुमार 'सुमन'

अदृश्य पंजों की छाप

हाइकु-संग्रह

प्रमोद कुमार 'सुमन'

अंजुमन प्रकाशन

अंजुमन प्रकाशन
942, आर्य कन्या चौराहा, मुट्ठीगंज
प्रयागराज - 211003 उत्तर प्रदेश, भारत
website - www.anjumanpublication.com
E-mail - anjumanprakashan@gmail.com

प्रथम संस्करण अंजुमन प्रकाशन द्वारा 2020 में प्रकाशित
आवरण व टाइपसेटिंग - अंजुमन प्रकाशन, प्रयागराज

ISBN : 978-93-88556-47-7

अदृश्य पंजों की छाप

हाइकु-संग्रह

प्रमोद कुमार 'सुमन'

अंजुमन प्रकाशन

अंजुमन प्रकाशन
942, आर्य कन्या चौराहा, मुट्ठीगंज
प्रयागराज - 211003 उत्तर प्रदेश, भारत
website - www.anjumanpublication.com
E-mail - anjumanprakashan@gmail.com

प्रथम संस्करण अंजुमन प्रकाशन द्वारा 2020 में प्रकाशित
आवरण व टाइपसेटिंग - अंजुमन प्रकाशन, प्रयागराज

ISBN : 978-93-88556-47-7

कचहरी वाले बाबा
श्री श्री 1008 महाराजाधिराज
चक्रवर्ती सम्राट, अमरगढ़ किला
कचहरी परिसर, मिर्जापुर
के
श्री चरणों में सादर समर्पित

मेरा अपना पक्ष

मानव जीवन के अन्तर्भावों की अभिव्यक्ति के लिए जिस भाषा को माध्यम बनाया गया, वह साहित्यरूप में परिणित होती चली गयी। संसार की विभिन्न भाषाओं का साहित्यिक उत्थान उसके देश, काल एवं परिस्थिति के अनुसार होता रहा है। इस साहित्यिक उत्थान में निरन्तर परिवर्तन होता रहा है, जिसने साहित्यिक विधाओं के निर्धारण में मुख्य भूमिका निभाई है। इस प्रकार साहित्यिक विधाओं का विभिन्न स्वरूप परिवर्तित होकर एक नई विधा के रूप में स्थापित हुआ और हो रहा है।

प्रत्येक देश की आध्यात्मिक, सामाजिक, सांस्कृतिक एवं प्राकृतिक पृष्ठभूमि भिन्न होती है। प्रत्येक भाषा का साहित्य उस देश विशेष के समाज का दर्पण होता है और अन्य किसी देश से मेल नहीं खाता। अतः देश विशेष के साहित्य को किसी अन्य देश के लिए यथावत् स्वीकार करना अप्रासंगिक तो होगा ही, अनुपयुक्त भी होगा। समय-समय पर साहित्य में बिम्ब, प्रतीक, उपमा, उपमेय, उपमान, रस, छंद, अलंकार एवं शैलीगत आधार पर मानक तैयार करके विभिन्न विधाओं का नामकरण किया जाता रहा है। इसी आधार पर विभिन्न वाद, युग एवं काल का निर्धारण किया गया। यह परिवर्तन सामाजिक परिवर्तन की माँग के अनुसार होता रहा है। किसी पुरानी विधा को लेकर साहित्य कभी संकुचित नहीं हुआ, अपितु नई सर्जना को स्वीकार कर परिवर्तन होता रहा है। हिन्दी साहित्य भी इससे अछूता नहीं रहा है। इस परिवर्तनीय क्रिया से साहित्य भी समाज के आईने की तरह समय-समय पर अपना स्परूप बदलता रहा है। जिसके फलस्वरूप साहित्य की अनेक विधाएँ पुष्पित-पल्लवित होती हैं, जिन्हें अलग-अलग नामों से अलंकृत किया जाता रहा है। यह सत्य सर्वमान्य होगा कि पुरानी परम्परा में हुए परिवर्तन के कारण ही नई परम्परा का जन्म हुआ। अन्यथा हिन्दी साहित्य के चार कालखण्डों की विभिन्न काव्य विधाओं के निर्धारण का औचित्य क्या है ?

भाषा के माध्यम से विचारों को अभिव्यक्ति प्राप्त होती है। जब विचारों को विस्तार से प्रस्तुत किया जाता है, तो वह गद्य का रूप ग्रहण करता है और यदि उसी विषय को काव्यगत गुणों से सजाकर कम से कम शब्दों में व्यक्त किया जाय तो वह पद्यरूप में प्रस्फुटित होता है। पद्य का यही स्वरूप कविता कहलाती है। मेरा मानना

है कि काव्य की किसी भी विधा के लिए संवेदनशीलता आवश्यक है। काव्य की कोई विधा हो, क्या फर्क पड़ता है। महत्वपूर्ण यह है कि क्या लिखा गया है। कविता साहित्य की सबसे प्रभावशाली शाखा है। हाँ – समय बदलता है तो 'माँग' बदल जाती है। समय अपनी आवश्यकतानुसार साहित्य की माँग करता है। हम वर्तमान सामाजिक परिवेश में समाहित हो चुके हैं। इस पूर्णांश के विरुद्ध जब भी कुछ घटित होता है, तो साहित्य उसका मूल्यांकन करके समुचित मार्गदर्शन करता है।

सम्भवतः समय की 'माँग' के धरातल पर ही 'हाइकु' ने जन्म लिया। यह मूलरूप से जापानी कविता है। इसका जन्म जापानी संस्कृति की परम्परा और सौन्दर्य चेतना में हुआ। इसमें अनेक विचारधाराएँ मिलती हैं जो बौद्ध धर्म और चीनी संस्कृति से प्रभावित हैं। यह लघु कविता हिन्दी काव्य का नवीनतम छंद है। काव्य विधा के रूप में हाइकु का जन्म सत्रहवीं शताब्दी में हुआ था और इसके जनक मात्सुओ बाशो थे। इसे तीन पंक्तियों का लघु गीत भी कहा जाता है। सहजता, सरलता एवं संक्षिप्तता ही इसकी विशेषता है। इसे जापानी सांस्कृतिक जीवन पद्धति कहा जाता है। इसका प्रत्येक शब्द अपने क्रम में विशिष्ट अर्थ रखता है। वर्तमान में यह जापानी साहित्य सीमा को लाँघ कर विश्व साहित्य की निधि बन चुका है। इसे भारत में प्रथमतः लाने का श्रेय गुरु रविन्द्र नाथ टैगोर को है। वर्ष 1919 में अपनी जापान यात्रा से लौटने के बाद उन्होंने बंगला भाषा में दो 'हाइकु' कविताओं का अनुवाद किया था। तत्पश्चात् धीरे-धीरे इसे हिन्दी साहित्य ने अपनाया। सन् 2016 में हाइकु की विस्तृत चर्चा की गई थी और इस वर्ष का नामकरण 'हाइकु शताब्दी वर्ष' किया गया। हाइकु हिन्दी में भी लिखे जा रहे हैं और अन्य भारतीय भाषाओं में भी। इसे प्रतीक काव्य भी कहा गया है। वर्ष 1959 में अज्ञेय के कविता संग्रह 'अरी ओ करुणा प्रभामय' में हाइकु के अनुवाद भी हैं और हाइकु से प्रभावित कुछ स्वतंत्र रचनाएँ भी हैं। हाइकु का एक महत्वपूर्ण दस्तावेज विभा जी द्वारा सम्पादित 'साझा मन का कोना' है, जिसमें छब्बीस रचनाकार सम्मिलित हैं। किन्तु भारतीय परिवेश ने इसे यथावत् जापानी परिदृश्य से पृथक रंग दिया। चूँकि भारतीय संस्कृति की आत्मा जापानी या चीनी संस्कृति से भिन्न है इसलिए इसके जापानी स्वरूप को ज्यों का त्यों अपनाना न तो संभव था और न ही युक्तिसंगत था। वास्तव में जापानी हाइकु आध्यात्मिक अनुभूति के चरम क्षण की कविता है, जो बौद्ध धर्म से अनुप्राणित है। यह भारतीय धर्मों से बिल्कुल अलग है। अतः भिन्न-भिन्न धर्म के आध्यात्मिक अनुभूति का चरम क्षण एक ही कैसे सम्भव हो सकता है। स्वाभाविक है कि भारत की विभिन्न भाषाओं में हाइकु की रचना

अपने देश, काल एवं परिस्थिति के अनुसार किया गया। निष्कर्षतः जापानी और भारतीय हाइकु के मध्य अन्तर तो होना ही था। जापानी हाइकु का आधार मुख्यतः अध्यात्म रहा है, लेकिन मानव जीवन केवल अध्यात्म के सहारे नहीं व्यतीत हो सकता। मनुष्य के जीवन में प्राकृतिक, सैद्धान्तिक, व्यवहारिक एंव श्रृंगारिक पक्ष का भी उतना ही महत्व है, जितना अध्यात्म का है। विभिन्न धर्मों में जीवन के अन्तिम पड़ाव को अध्यात्म के लिए सुनिश्चित किया गया है। अतः केवल अध्यात्म के सहारे मानव समाज की कल्पना निर्मूल है। मानव जीवन में न तो प्रेम को नकारा जा सकता है और न ही दुःख-दर्द से एकदम मुक्ति की कामना की जा सकती है। काव्य का उद्देश्य जीवन को सुखद बनाना होना चाहिए।

समय के साथ जीवन भी फिसलता है। किन्तु रचनाकार मन निराश नहीं होता। वह अँधेरे कुँए में प्रकाश ढूँढ़ता रहता है। आशा की टिमटिमाती लौ के साथ चलता रहता है। साथ ही यह भय भी बना रहता है कि हवा के हल्के से झोंके से उसके आशा की डोर टूट जाएगी। मेरा रचनाकार मन भी उसी प्रकाश पुंज की तलाश में भटकता रहा। हल्की-सी रोशनी दिखी और कुछ पल को अँधेरा छटा। किन्तु क्या खोया क्या पाया? इस हिसाब-किताब के लिए समय नहीं बचा। इस लम्बी यात्रा में काव्य की विभिन्न विधाओं ने सहारा दिया तो कभी गद्य ने नई ज़मीन तलाशने के लिए पुकारा। समय के साथ-साथ बहता रहा और जब किसी किनारे लगने का अवसर आया, कगार ढह गया। फिर धारा के साथ बहने के अतिरिक्त कोई उपाय न था। संवेदना के इन्हीं क्षणों को भोगते हुए मैंने अपनी रचनाओं को संकलित करने का प्रयास किया है और शायद इस हाइकु शिल्प के लघु गीत संग्रह का आना यही आभास दे रहा है, जिसे 'अदृश्य पंजों की छाप' नाम दिया गया है।

मेरा प्रयास मुख्यतया यह रहा है कि मेरी रचना सर्वग्राह्य हो। यह आवश्यक नहीं है कि हर कोई मेरे दृष्टिकोण से सहमत ही हो, किन्तु यह आवश्यक है कि यह उपेक्षित न हो। देर-सबेर ही सही, यह स्वीकार्य हो।

प्रमोद कुमार 'सुमन'
गफूर खाँ की गली, वासलीगंज
मिर्जापुर-231001 (उ०प्र०)
मो०-9935459550

14 अप्रैल, 2020

समय के साथ युगलबंदी

वरिष्ठ गीतकार प्रमोद कुमार सुमन गीत-गजल और नवगीत संग्रहों की बेहतर प्रस्तुति के बाद अब जापानी 'हाइकु' कविता संग्रह 'अदृश्य पंजों की छाप' के साथ मैदान में उतरे हैं। काव्य की सभी विधाओं का अपना महत्व और मायने हैं। जरूरी है कि रचनाकार उसके अनुशासन, चरित्र और मानकों का ध्यान रखे। उसके सर्वमान्य व्याकरण का पालन करे। साहित्य का इतिहास यह बताता है कि रचनाकार तात्कालिक विधाओं में नये-नये प्रयोग करते रहे हैं। अब यह बात अलग है कि कुछ प्रयोगों ने नये युग का निर्माण किया और कई प्रयोग सिर्फ आन्दोलन बनकर रह गये। विधा कोई हो रचनाकार अपने काल और परिस्थितियों के साथ-साथ आदमी की जीवन शैली एवं कार्य-व्यवहार को सामान्यतया अपनी कविताओं का विषय बनाता रहा है। यह उसकी मजबूरी भी हो सकती है और जरूरत भी। क्योंकि उसने जो देखा-सुना या झेला है, वही तो रचेगा। जिससे वह भविष्य के निर्धारण का पूर्वाभास करा सके।

कविता की 'हाइकु' विधा जापान से शुरू होकर दुनिया के तमाम देशों में गयी। जापान में वह अपने आध्यात्मिक स्वरूप को लेकर खड़ी हुई और चली। जबकि प्रकृति को विषय बनाया। परन्तु भारत में हिन्दी या अन्य भाषा के रचनाकारों ने दूसरी कई काव्य विधाओं में किये गये प्रयोगों के अनुरूप इसे भी आज के आदमी की जरूरतों के मुताबिक आधुनिक बनाया। प्रमोद कुमार सुमन के 'हाइकु' कुछ इसी अंदाज में भारतीय क्लाइमेट और स्थिति-परिस्थिति के अनुरूप चुने गये विषयों को उठाते हैं। इनमें अध्यात्म भी है परन्तु वह अन्य तात्कालिक विषयों की तरह आया है। चूँकि 'हाइकु' कविता की अत्यन्त छोटी विधा है। इसमें पाँच-सात-पाँच अक्षरों (वर्णों) वाली तीन पंक्तियों के भीतर ही सब कुछ कहने की बंदिश है। ऐसी स्थिति में किसी सूत्र या मुहावरे की तरह अपनी बात कह कर रचनाकारों को निकलते देखा जा सकता है जबकि इसकी तीनों पंक्तियों को आजाद आचरण में कथ्य को लेकर काव्यरूप देते हुए एक परिणाम तक पहुँचना होता है जो कि आसान नहीं है। 'हाइकु' लिखते समय हिन्दी के रचनाकारों को कुछ स्वाभाविक दिक्कतें भी सामने आती हैं। इस छोटी विधा के पाँच-सात-पाँच अक्षरों के बंद में विशेष अर्थ देने वाले हिन्दी के बड़े शब्द जब फिट नहीं होते तो वाक्य को तोड़कर तीन भाग में करना अपरिहार्य हो जाता है जो समकालीन कविता का आकार ले लेता है। हम जानते हैं

कि काव्य में भाव का विशेष महत्व होता है और उसमें कथ्य प्रभावशाली होना चाहिए। व्याकरण तो उस विधा के स्वरूप निर्धारण के लिए मात्र आधार होता है ताकि वह अन्य विधाओं से अलग पहचान बना सके। मान लीजिए यदि व्याकरण बहुत परफेक्ट हुआ और काव्य पंक्तियों में कुछ विशेष कह ही नहीं पाये तो ऐसी रचना का क्या? हाँ अगर कथ्य और व्याकरण दोनों लाजवाब बन जायें तो फिर क्या कहना। बड़े-बड़े रचनाकारों की ऐसी पंक्तियाँ लोगों के लिए चर्चा का विषय होती हैं और हर ज़ुबान पर तैरती हैं, सारा साहित्य नहीं।

सुकंठ कवि प्रमोद कुमार 'सुमन' एक कर्मठ रचनाकार हैं। वह अपने लेखन को एक चुनौती के रूप में लेते हैं। जिस विधा पर काम करते हैं उसे साध कर छोड़ते हैं। यही वजह है कि उन्होंने गीत, गजल, नवगीत और कहानी जैसी विधाओं में मानक लेखन करने के बाद अब 'हाइकु' जैसी कठिन विधा पर कलम चलायी है। क्योंकि यहॉ तो 17 अक्षरों में सब कुछ कह देना है। सुमन जी मंच के सधे रचनाकार और गलेबाज रहे हैं। गीतों और गजलों की साधना की है इसलिए वह छंद की बंदिशों और अनुशासन को भली-भाँति जानते, मानते तथा उसी में जीते हैं। उन्होंने अपने हाइकु काव्य संग्रह "अदृश्य पंजों की छाप" में चार सौ रचनाओं को शामिल किया है और इन्हें चार भागों में बाँटा है। ये भाग हैं - प्राकृतिक, सैद्धान्तिक, व्यावहारिक और शृंगारिक। इस विभाजन से कवि की वैचारिक पृष्ठभूमि का पता चलता है। सुमन जी के हाइकु संग्रह को पढ़ते हुए इनके विषयों के विस्तार और सामाजिक जीवन में पैठ का अंदाजा लगना स्वाभाविक है। इनमें यथास्थितिवाद के बदलाव की जद्दोजहद भी है। गॉव और किसान की सुध, बसंत-फागुन और आम के टिकोरे हैं तो जंगल के कटने तथा घर के गमले में जंगल उगने की चिन्ता भी है। इस तरह वह सांस्कृतिक चेतना में आये बदलाव को प्रश्नों के घेरे में खड़ा करते हैं। वह बम और आग दोनों को अपना विषय बनाते हैं। सुमन जी ने धर्म-कर्म-अध्यात्म के साथ प्रेम और श्रृंगार पर भी कलम चलाया है। उनमें मिथ है तो आज का यथार्थ भी है।

प्रमोद कुमार सुमन गाँव के माध्यम से भाई चारा, आपसी सहयोग, सच्चाई, ईमानदारी की प्राचीन सांस्कृतिक परम्पराओं को भूलने पर चिन्ता व्यक्त करते हुए कहते हैं - "गाँव से चले/शहर में आकर/स्वयं को भूले।" आज के सामाजिक बदलाव पर वह तीखा प्रहार करते हैं - "जंगल कटा/घर के गमले में/जंगल उगा।" आज का जीवन बहुत जटिल दौर से गुजर रहा है। तभी तो उनको कहना पड़ा - "पत्ते-पत्ते में/दिखाई देता है/पेड़ का मन।" और अन्याय के खिलाफ वह

मुखर होकर चेतावनी देते हैं - "जुल्म की आग/अधिक दिनों तक/नहीं जलेगी।" उनके मन में दुनिया में फैले आतंकवाद को लेकर भारी पीड़ा है - "बमों की खेती/हथियार उगे हैं/डाल-डाल पर।"

सुमन जी केवल निरीक्षण के कवि नहीं हैं। वह दिशा निर्देशक की भूमिका भी निभाते चलते हैं जो लोक हितकारी कविता का एक खास गुण माना गया है। वह कहते हैं - "घर की नींव/जितनी मजबूत/उतनी पीढ़ी।" उनका स्पष्ट शब्दों में कहना है- "सम्मान देना/बहुत जरूरी है/पाने के लिए।" और उन्होंने करारा व्यंग्य करते हुए यह भी कह दिया - "जैसा बोओगे/वैसा ही उपजेगा/काटते रहो।"

प्रमोद कुमार सुमन कवि के नाते मात्र समाज सुधारक या चिंतक की भूमिका नहीं निभाते बल्कि अलग-अलग मौसमों एवं ऋतु पर्वों के साथ रंगीन हो जाते हैं - "रंगों की डोरी/उलझने लगी है/फागुन आया।" या फिर - "उड़े गुलाल/खेलत पिचकारी/मदन ऋतु।" वह प्रकृति के साथ तादात्म्य स्थापित करते हुए कहते हैं - "पेड़ खुशी में/डाली-डाली चहके/बसंत ऋतु।"

उनकी रचनाओं में व्यावहारिक आदर्श साफ-साफ दिखाई पड़ता है - "प्यासे को पानी/भूखे को भोजन दो/ईश्वर सेवा।" माँ को लेकर उनके मन में गहरी संवेदना है। वह लिखते हैं - "माँ का आँचल/असीम ममता है/सदा ढोती है।" बालश्रम को लेकर वह कड़ी टिप्पणी करते हुए अपने क्रोध को रोक नहीं पाते - "बाल श्रमिक/देश के कलंक हैं/छोटू चाय ला।" बच्चों को लेकर उनका एक और तंज चिन्ता का विषय है - "बच्चे सीखते/स्मार्ट फोन से सब/अर्थात सब।" आरक्षण की व्यवस्था को लेकर वह काफी असंतुष्ट हैं - "पीछे से आगे/आगे वाले बीच में/आरक्षण है।"

धर्म-अध्यात्म के समर्थक होते हुए प्रमोद कुमार सुमन अपनी रचना में स्वर्ग-नर्क को लेकर साफ शब्दों में कबीर बन जाते हैं - "काल्पनिक है/स्वर्ग-नर्क की बातें/सब यहीं है।" सुमन जी अपने देश को याद करने से नहीं चूकते - "सोन चिरैया/कहलाता था कभी/देश अपना।" आगे वह कहते हैं - "भारत माता/मुकुट की शोभा है/देश अपना।" वर्तमान राजनीतिक उठापटक के दौर में घुमाकर वह व्यंग्य करते हैं - "भारत माता/जय नहीं बोलूँगा/क्या कर लोगे।"

सुमन जी प्रेम में भी लम्बी डुबकी लगाते देखे जाते हैं - "मैं और गोरी/जैसे पतंग -डोरी/उड़ते फिरें।" वह स्त्री विमर्श को अपने तरीके से उठाते हैं - "जींस

टी शर्ट/देशी लड़की हुई/कठपुतली।"

इतना कुछ कहने और उदाहरण देने का तात्पर्य यह है कि उन्होंने अपने समय के बहुत सारे ज्वलंत मुद्दों को अपनी रचनाओं में उठाया है जो वर्तमान काव्य शास्त्र के दिशा निर्देशों के अनुरूप हैं। साहित्य लेखन में समालोचना का विशेष महत्व है। उसके द्वारा रचना के लिए मानक निर्धारित किया जाता है जबकि कवि के साथ मूलरूप से उसकी संवेदना होती है। कवि को स्थापित मानकों और अपने भावों के द्वंद्व के बीच से गुजरना होता है। ऐसी स्थिति में कवि को स्वतः निर्णय लेना होता है कि उसके लिए क्या सुविधाजनक और उपयुक्त है। महाभारत की कथा है। द्रोणाचार्य अर्जुन के गुरू थे। उन्होंने ही अर्जुन को युद्ध की सारी शिक्षा दी थी। परन्तु आमने-सामने हुए युद्ध में वह अपने शिष्य का मुकाबला नहीं कर सके। आप कहेंगे वहाँ सत्य-असत्य की लड़ाई थी। मैं कहूँगा युद्ध मैदान की स्थितियों पर निर्भर करता है। शिक्षक होना और योद्धा होना निश्चित रूप से दो अलग चीजें हैं। इसी तरह आलोचक और रचनाकार के बीच भी फर्क है। मैं स्वयं एक रचनाकार हूँ इसलिए किसी कृति को पढ़ते समय प्रथमतया यह देखने की कोशिश करता हूँ कि उसमें संवेदना के कितने गहरे क्षण हैं, वह भी काव्य से लबरेज। इस दृष्टि से सुमन जी प्रशंसनीय हैं। आज 'हाइकु' लेखन तेजी से हो रहा है। तब प्रमोद कुमार सुमन की चार सौ रचनाओं वाली यह कृति "अदृश्य पंजों की छाप" एक बड़े और सामयिक आंदोलन का हिस्सा बने ऐसी मेरी कामना है। साथ ही पाठक इसे पसन्द करेंगे ऐसा मेरा मानना है। प्रमोद कुमार सुमन जी को मेरी शुभकामनाएँ।

- भोलानाथ कुशवाहा
बाँकेलाल टण्डन की गली,
वासलीगंज, मिर्जापुर-231001 (उ०प्र०)
मो०- 9335466414, 9453764968

20 अप्रैल, 2020

अनुक्रम

1-	प्राकृतिक	– 17
2-	सैद्धान्तिक	– 45
3-	व्यवहारिक	– 73
4-	श्रृंगारिक	– 101

प्राकृतिक

वीणा वादिनी
माँ शारदा भवानी
चरण स्पर्श।

तभी होती है
छाया की पहचान
धूप खिली हो।

जंगल कटा
घर में गमला है
उगा जंगल।

बादल छाए
बारिश तो हुई है
धरती मौन।

नदी तट हैं
चाहकर भी गले
नहीं मिलते।

शाम की धुंध
भोर कैसी होती है
बता देती है।

गली जागी है
सूरज का फेरा है
भोर हो गई।

आम बौराया
झूले की डोर चढ़ी
सावन आया।

ठंडी हवा है
हाड़ कँपकपाए
दुंदुभी बजे।

जुगनू बाँटे
अँधियारे को पाती
डाकिया आया।

ओस टपकी
डाल टहनी जागे
खिलखिलाते।

जंगल जला
धरती के सीने में
फफोले फूटे।

मेघ मल्हार
मयूर नर्तन है
मौसम खिला।

नगाड़ा बजा
मेघ कड़कड़ाया
गागर फूटी।

चंदन वन
विषधर लिपटे
गुड़-गोबर।

रंगों की डोरी
उलझने लगी है
फाल्गुन आया।

बूँद-बूँद से
सागर भर जाए
कौतूहल है।

गागर फूटी
मछली खुश हुई
स्वतंत्रता है।

झाड़-झंखाड़
लगातार साफ हो
रोग दूर हों।

चाँद निकला
चाँदनी शरमाई
चाँदी ही चाँदी।

तारे टूटे हैं
वट वृक्ष गिरे हैं
अन्तर्ध्यान हैं।

गंगाजल था
कभी दूध की नदी
विष हो गया।

मौसमी दंश
किसानों का भाग्य है
नया नहीं है।

सरपत है
हाथ से छीलना है
कठिन तो है।

सर्दी का दुर्ग
ढहने लगता है
ग्रीष्मागमन।

पानी के बुल्ले
टिकाऊ नहीं होते
क्षणभंगुर।

गाँव का ताल
गर्मी में बनता है
स्वीमिंग पूल।

मिट्टी में बीज
अनुशासित होगा
पौधा उपजे।

सावन-भादों
तात परस्पर हैं
कौन बड़ा है।

कठिन होगा
गुलाब से मिलन
कटीली बाड़।

बाँस की कोख
बाँसुरी जन्मती है
मीठी धुन है।

बर्फ जमी है
ठंड का प्रकोप है
अलाव जला।

प्रातः से सायं
फिर सायं से प्रातः
जीवन चक्र।

वन में आग
दमकल आया है
नहीं बुझेगी।

माटी–माटी है
जब महकती है
अन्न भण्डार।

ठंड आई है
गरम रजाई है
स्वप्न बोए हैं।

आग से आग
सुलगाई जाती है
बुझती नहीं।

मछली घाट
जीवन का धन है
मछुआरिन।

पानी के पंछी
कब कहाँ उतरें
जल ही जल।

समंदर में
लहरों के साथ है
बहुत कुछ।

खेत का गन्ना
समझ से दूर है
पतला-मोटा।

सुबह हुई
दुनिया चल पड़ी
अपनी चाल।

पहले स्नान
उसके बाद दान
खिचड़ी में घी।

गंगा में स्नान
पाप की मैल धुली
स्वर्ग की सीढ़ी।

ओस की बूँदें
मोती बन चमकें
सूर्य-किरण।

जीवन भर
एकान्त में बसेरा
तपस्या ही है।

पूर्णिमा लगे
चाँद जब खिलता
रूप दमके।

हवा के झोंके
पेड़ों से पत्ते टूटे
नए उगेंगे।

सूर्य किरन
भजन सुनाती है
नव प्रभाती।

परछाइयाँ
प्रकाश से खेलती
धुंध से नहीं।

गाँव में झूला
साँवरी-गोरी गाए
कजली गीत।

दिन समाप्त
रात का आगमन
कल मिलेंगे।

चंदन वन
अब झुलस गया
किस्सा कहानी।

डाल-डाल पे
उल्लुओं के बसेरे
अब क्या होगा ?

सुरीले गीत
स्वर में सधा शब्द
युगलबन्दी।

पत्ते-पत्ते में
दिखाई पड़ता है
पेड़ का मन।

खिल गई है
आसमानी छत है
इन्द्रधनुष।

सूर्य या चन्द्र
कोई भी ग्रहण हो
संकट होगा।

सतरंगी है
आसमानी ओढ़नी
सातवाँ घोड़ा।

राह की धूल
पाँव से उछालोगे
सिर चढ़ेगी।

दृग निहारे
चातक बन गया
ओस के कण।

बुलबुल है
सैयाद है दुश्मन
पर न तोलो।

बमों की खेती
हथियार उगे हैं
डाल-डाल में।

सबेरा हुआ
पक्षियों के पंख हैं
आकाश नापें।

दम घुटा है
धुँए की सड़ांध है
आक्सीजन हो।

रात्रि बन्धन
अँधेरे का राज्य है
भोर तक है।

पेड़ खुश हैं
डाल मुस्कुराती है
वसंत ऋतु।

सोन चिरैया
कभी कहलाता था
भारत देश।

गाँव से चले
शहर में आ गए
स्वयं को भूले।

खेत की मेड़
स्वजनों को मिलाती
कचहरी है।

झरने सूखे
नदी मौन हुई है
सूखी चादर।

किनारे डूबे
दुःख की बाढ़ आई
विनाश लीला।

आँगन भर
चिड़ियों ने बो दिए
पंजों की छाप।

नदी चढ़ी है
शिकार की खोज है
मोटी मछली।

दीवार पर
घास सूख गई है
पुरानी मूँछ।

पर्वत पर
रवि पालथी में है
सबेरा हुआ।

तारे बाराती
आँगन में नृत्य है
ससुराल में।

नदी का पाट
बजता छपाछप
आन्दोलन है।

लाई का ढुंढा
चीनी-गुड़ पट्टी है
त्योहार लगे।

उड़ै गुलाल
चलत पिचकारी
मदन-ऋतु।

शरद ऋतु
तितलियाँ गाती हैं
समूह गान।

गेहूँ की बाली
जब मुस्कुराती है
पीत वसन।

सूरजमुखी
सूरज को निहारे
अटूट प्रेम।

पंछी गाते हैं
जन्म-दिन सोहर
खुशियाँ बरसें।

टिकोरे आए
आम की डाल पर
पेड़ बौराया।

भारत माता
मुकुट की शोभा हैं
पर्वत राज।

बरसात है
दो प्रेमीजन मिले
दीपक-बाती।

चन्द्र किरण
बादलों की ओट है
जाल बुनती।

हिमालय से
दक्षिणान्त तक हैं
जल रेखाएँ।

प्रेम-प्रसून
खिलते मुरझाते
नियति चक्र।

दीवार छत
मकान नहीं होता
जीवन भी हो।

चड्ढी की डोर
बहुत जरूरी है
पर्दे के लिए।

साँकल कुंडी
दरवाजा खिड़की
अधूरापन।

आग का गोला
अंततः राख होगी
यही सत्य है।

घोड़े के पीछे
राजनेता के आगे
खतरनाक।

जैसा बोओगे
वैसा ही तो काटोगे
यहीं का यहीं।

यही अच्छा है
साँप को पालो नहीं
उसे मार दो।

जल्दबाजी है
निर्णय जो भी हुआ
आत्मघाती है।

कोई नहीं है
यह कहने वाला
मैंने देखा है।

मृत्यु रहस्य
अनसुलझी डोर
विज्ञान चुप।

सैद्धान्तिक

सबकी सुनो
फिर उसको गुनो
अन्त में चुनो।

भटकाव है
कुछ टूट जाता है
कुछ प्राप्त हो।

अपनी बातें
औरों पर मढ़ना
गलत ही है।

आज का दौर
जीवन कठिन है
सम्भावना है।

जागना सोना
हँसना-गाना-रोना
हरि इच्छा है।

नई नहीं है
साहित्य की उड़ान
पंख नए हैं।

दूब व नींबू
एक साथ पीना है
अनिष्ट होगा।

बच्चों की बात
जहाँ पर होती है
देव होते हैं।

अनुशासन
उतना ही अच्छा है
स्वीकार करें।

साथ चलना
बहुत कठिन है
स्वार्थ में अंधे।

दर्द होता है
अपनी दबती है
बात सच है।

नीलकण्ठ है
दूसरों का दर्द है
ग्रहण करें।

सपने उगे
नम आँखों से बहे
सोए नहीं हैं।

झूठ की डोर
जब खिंचाव पाती
खण्डित होती।

कंधा हल्का है
उखड़ गए सभी
कंस-रावण।

सड़क टूटी
प्रभाव पड़ता है
घर पर भी।

काँटे से काँटा
निकालते सुना है
देखा नहीं है।

युद्ध जारी है
सत्य सिद्ध होना है
महात्मा रोए।

बुद्धिमान है
समय के साथ है
कठपुतली।

घर की नींव
जितनी ठोस होगी
पीढ़ी भी होगी।

गूँगे की भाषा
बधिरों के लिए है
असमंजस।

पाँव के छाले
जब सुनिश्चित हो
दृढ़ निश्चय।

स्वयं भला है
आँख को खुली रखो
चैतन्य रहो।

साँपों का बिल
प्रत्येक दिल में है
कब निकले।

दीवार सिर
आपसी टक्कर है
असम्भव है।

पंचायत है
मूर्खों की समस्या है
मूर्खतापूर्ण।

अपना शव
स्वयं ही ढोना होगा
आत्मनिर्भर।

निकलना है
अपना बिल छोड़ो
सुरक्षा होगी।

जनजीवन
अव्यवस्थित होगा
परिवर्तन।

संस्कारहीन
उपदेश बाँटना
बेवकूफी है।

गूँगे का स्वाद
कोई नहीं जानता
कैसे बताए।

सत्यदर्शन
आज की पुकार है
नवलेखन।

भ्रम को तोड़ो
जल को समेट लो
प्रत्यक्ष सत्य।

गाँठ खुली है
पोटली का रहस्य
शान्त हो गया।

अगली बार
कुछ कर्तव्य होगा
कहाँ पता है ?

जुल्म आग है
कुछ दिनों तक है
नहीं जलेगी।

दूध में मक्खी
मक्खी मत निकालो
दूध फेंक दो।

सच बोलना
जीवन के बाग में
काँटों की बेल।

विचारशील
बुद्धिमान होता है
ज़रूरी नहीं।

सब जोड़ दें
तब भी सम्पूर्ण है
अनिश्चित है।

वास्तविकता
दूर भी पास भी है
गोरखधंधा।

प्यासे को पानी
भूखे को भोजन दो
ईश्वर सेवा।

कसौटी कसो
निर्धारित सोना है
वजन–मूल्य।

मूर्ख होते हैं
स्वयं की समीक्षा है
अहंकार है।

जीना-मरना
दोनों ही कठिन है
ईश्वर इच्छा।

सबसे रूठो
उनका मान करो
माता-पिता हैं।

जब बाबा थे
लोटा-गिलास भी थे
थाली होती थी।

अनिश्चित है
सभी का भविष्य है
अंधकूप हैं।

गिद्ध की दृष्टि
मांस भक्षण होगा
दूरदर्शिता।

देवता होगा
चाहे पत्थर होगा
खुला विकल्प।

श्मशान घाट
वैराग्य उत्पन्न है
जलने तक।

भाग्य में लिखा
कर्म करके गढ़ा
ज़रूरी होगा।

घड़ी व घंटा
समय पर बजे
निश्चित गति।

अँधेरापन
अंधों की दुनिया है
भटकना है।

सम्मान देना
ज़रूरी ही होता है
पाने के लिए।

कुँए में डोर
अधिक रहती है
तभी पानी है।

दृढ़ निश्चय
अपरिवर्तनीय
भीष्म प्रतिज्ञा।

किसी-किसी को
बुढ़ापा और लाठी
दोनों सुख है।

माया का खेल
पंख पसार रही
बहीखाते में।

महाभारत
कोई युद्ध नहीं था
अनुष्ठान था।

माथे की रोली
चन्दन का त्रिपुण्ड
कितना सच ?

ज्ञान की आयु
समाप्त नहीं होती
अनन्त तक।

माथे के बल
मनुष्य की छाया है
प्रतिछाया है।

न्यून कथन
भाव परिपूर्ण है
ज्ञान होता है।

सपूत होगा
सम्मान बढ़ाता है
कपूत न हो।

दूध की मक्खी
दूध नहीं पीती है
प्राणघातक।

साँप या रस्सी
बालक अज्ञानी है
नहीं डरता।

मुखर होना
शंकाग्रस्त होता है।
मूर्ख या ज्ञानी।

यज्ञोपवीत
हिन्दुत्व का द्वार है
अब कहाँ है ?

कृष्ण-वचन
गीता का उपदेश
भाषण नहीं।

पढ़ा लिखा है
कानून पहचाने
वकील नहीं।

पागल कुत्ता
गली में रहता है
रास्ता बदलो।

पारदर्शिता
परिलक्षण में है
धोखा नहीं है।

गंजेपन में
नाखून ज़रूरी है
बकवास है।

आवश्यक है
जीवन में गति है
प्रगतिशील।

घास की रोटी
मूल्य स्वाभिमान है
स्वतंत्रता है।

न्याय कहाँ है
दरवाजे को पीटो
न्याय-हत्या है।

दब जाता है
उपकार बोझ है
नीचे आदमी।

ऊपर वाला
कब क्या कर डाले
पता नहीं है।

चरण तो हैं
पूजनीय कौन है
किसको पूजें ?

पिस जाता है
तिल-तिल आदमी
बैल जैसा है।

जैसा बोओगे
वैसा ही उपजेगा
काटते रहो।

पहचान लो
मित्र-शत्रु में भेद
वास्तविकता।

मीठा होता है
शक्कर से मीठा है
व्यवहार है।

खिड़की बोली
मुझे बन्द कर दो
झगड़ते हैं।

कुछ सीखिए
चींटी की प्रवृत्ति है
संगठित हो।

घटना ही है
लिखो और मिटाओ
ह्वाइट बोर्ड।

आँखें दिखाना
सूर्य की प्रकृति है
कौन समझे ?

अन्त जो भी हो
जीवन संग्राम हो
सकारात्मक।

सर्पीली सोच
आत्मघाती होती है
मंथन करो।

नकली सोंच
धोखे की टट्टी भी है
टिकाऊ नहीं।

मुट्ठी की रेत
कभी नहीं टिकती
भूतकाल है।

अविश्वास है
दूध का जला हुआ
भरोसा टूटा।

शीशा न तोड़े
पत्थर के मकान
मिथ्यारोपण।

लाभ की आशा
वह नहीं होता है
परोपकार।

सब कुछ है
धरती समृद्ध है
पा सकते हो।

पर्वत झरे
पेड़ों से पत्ते टूटे
जल ही जल।

बुद्धिमान है
उठता-गिरता है
सँभलता है।

समझते हैं
जो भी बात होती है
कहते नहीं।

शब्दों के तीर
गहरे घाव करें।
अमिट छाप।

व्यवहारिक

अन्त भला हो
मंजिल का पता हो
सब ठीक है।

माँ का आँचल
असीम क्षमता है
बोझ ढोती है।

आँसू छलके
हिचकी जो उभरी
पीड़ा छलकी।

हाथ में घड़ी
आदत हो गयी है
लेट ही रहे।

टेबल लैम्प
चारपाई पर है
खतरनाक।

उबटन से
तन-मन का मैल
प्रगट होगा।

मुर्गी या अण्डा
वही पुराना प्रश्न
ज्यों का त्यों खड़ा।

रोशनाई थी
युग समाप्त हुआ
डाट-पेन है।

बाबा ने कहा
मैं हूँ चिन्ता न करो
आगे देखना।

रूई नहीं है
आपरेशन होगा
असम्भव है।

डिब्बा-बोतल
खड़कता नहीं है
परिवार है।

साथ जो छूटा
कुटुम्ब बिछड़ा है
सुगना रोए।

सम्बन्ध ही है
कब करवट ले
ऊँट ही जाने।

घाट-घाट है
गोद में घड़े खेलें
पनिहारिन।

मंगलाचार
रक्षा-रोरी-अक्षत
शुभ-मुहूर्त।

ढेरों प्रश्न हैं
द्वार पर खड़े हैं
सुबह-शाम।

फेवीकोल है
सब कुछ जोड़ता
हृदय नहीं।

कुर्सी लक्ष्य है
दाँव पर लगा है
जीना-मरना।

रस्सी साँप है
काटता भले न हो
डराता तो है।

रजाई-गद्दा
चारपाई भी न हो
गरीब घर।

नागिन डांस
बारात में होना है
खाना नहीं है।

टोना-टोटका
झाड़-फूँक जादू है
ढकोसला है।

पाँव पादुका
औकात क्या होती है
बता देती है।

लाठी हो न हो
जरूरी मत जानो
भैंस तुम्हारी।

गठजोड़ हो
ठग बन्धन न हो
मौसेरे भाई।

चारपाई है
चार पैर होते हैं
कम न ज्यादा।

पर्दा झूठा है
आयु लम्बी नहीं है
जब तक है।

राशन कार्ड
कई समस्याएँ हैं
हल नहीं है।

रिश्वत लेना
रिश्वत का प्रस्ताव
दोनों जुर्म है।

कान कटना
नाक कटने से है
अशोभनीय।

सत्ता का सुख
करैला जैसा ही है
मजबूरी है।

बाल श्रमिक
देश का कलंक है
छोटू चाय ला।

बैग का बोझ
नौनिहाल ढोते हैं
श्राप जैसा है।

दवा द्रव्य है
पहले हिलाते हैं
तभी लाभ है।

ढोल-मजीरा
जब भी बजता है
कुछ हुआ है।

खेल खिलौने
बच्चों की दुनियाँ है
स्वर्ग जैसा है।

जूते की लेस
जब खुली होती है
उलझते हैं।

जवान खून
जल्दी उबलता है
हानिकारक।

व्यवसाय है
घाटा-नफा होता है
डरना नहीं।

छेनी-हथौड़ी
भाग्य को गढ़ता है
बकवास है।

जो कहता है
वह करता भी है
प्रण-प्रतिज्ञा।

रिश्ता कोई हो
किसी से लगाव हो
यही प्रेम है।

अच्छा होता है
शक्ति अर्जित होना
घमण्ड न हो।

साँकल बजी
आगंतुक आया है
भ्रम तो नहीं।

सपने टूटे
आँखों से नींद उड़ी
मन बेचैन।

धोखा-फरेब
एक रोग होता है
व्यवहार में।

निभा रहे हैं
जिसका जो धर्म है
काँटा-गुलाब।

कच्चा धागा है
जल्दी टूट जाता है
रिश्ते की डोर।

मन पंछी है
व्याकुल रहता है
पिंजड़ा टूटे।

झूठ-सच है
ज़रा सा अन्तर है
जैसा समझो।

दिल मिलाओ
हाथ मिले न मिले
ढोना तो होगा।

प्रकाश बनो
घना अँधियारा है
औरों के लिए।

साथ ढोना है
सँभालना पड़ेगा
सहारा बनो।

दर्पण टूटा
चित्र बिखर गया
अदृश्य छाया।

ढोते रहे हैं
दुनियाँ की रीत है
मजबूरी है।

आँसू बहेगा
जिधर ढलान है
विलीन होगा।

झोला-झंखड़
अगर हाथ में है
जिम्मेदारी है।

तवा-कड़ाही
बेलन-चौका बजें
रसोईघर।

भीड़-भाड़ में
फँसकर रहना
खतरनाक।

भाषण देना
बहुत सरल है
प्रजातंत्र में।

संविदा का है
मजदूर खड़े हैं
ताजमहल।

किताब-कापी
पेन-पेन्सिल में है
ज्ञान भण्डार।

सरकार है
कुछ लगता नहीं
विकास होगा।

देश की सोच
फिर धर्म की सोच
पहले नहीं।

बेअसर है
कुत्ता समूहगान
हाथी मस्त है।

जर्जर काया
यात्रा की तैयारी है
कहानी खत्म।

पीछे से आगे
आगे वाले पीछे हैं
संविधान है।

भाँग-धतूरा
खाने से नहीं होती
शिव भक्ति है।

चुल्लू से पानी
बर्तन से सीधे है
हार्ट अटैक।

नशा तो होगा
प्रदर्शन नहीं है
नौटंकी खत्म।

पड़ोसी ही है
खून का रिश्ता भी है
जरूरी नहीं।

घोड़े की टाप
चेतक की यादें है
स्वामिभक्ति है।

गुरुजन की
सिर-माथे पर है
एकलव्यता।

टेढ़े-मेढ़े हैं
यात्रा के जो पथ हैं
सीधा करेंगे।

जन्म लेते हैं
फिर मर जाते हैं
क्यों होते ही हैं ?

दरिद्र खड़ा
मित्र के द्वार पर
द्वारिकापुरी।

यमदूत है
गैस का सिलेण्डर
अनाड़ी होना।

डरावना है
फिर रहते क्यों हो
धर्मशाला में।

भारत माता
जय नहीं बोलेंगे
क्या कर लोगे ?

यहीं का खाना
यहीं पर रहना
छेद करना।

बात करेंगे
उत्तेजित क्यों होना
ब्लड प्रेशर।

सुनो सच है
लोग क्या कहते हैं
तुम्हारे पीछे।

गरीब तो है
कमजोर नहीं है
आत्मबल है।

भीड़तंत्र है
निर्णय बुद्धि से हो
अनियंत्रित।

सम्भावना है
कुछ तो बदलेगा
आशा जगी है।

सबने कहा
स्वजनों से बचना
मैंने न माना।

पंख पसारे
प्राण-पखेरू उड़ें
अपनी गति।

ज्ञान नहीं है
दुकान में मिलता
खोजते रहो।

जब आस्था है
तो तर्क नहीं होगा
चाहे कुछ हो।

पेट की आग
अभाव का क्षेत्र है
भूख से लड़े।

एक हाथ हो
ताली नहीं बजती
हथौड़ा बजे।

नल की टोटी
जितना माँगो देगी
कम न ज्यादा।

काल्पनिक है
स्वर्ग-नर्क यहीं है
भोगते रहो।

हम सब हैं
कालचक्र में फँसे
यही सच है।

अपनी बात
दूसरों के बीच में
मत घुसाओ।

रोड रोलर
समतल कर दे
हर गड्ढे को।

ढोल में पोल
फिर भी बजता है
सुर-ताल में।

चाय की पत्ती
चार तत्वों का मेल
छलनी में है।

दुःख होता है
हमदर्द नहीं है
अच्छा ही तो है।

घाट कोई हो
खतरा तो रहेगा
गहराई है।

शृंगारिक

बंशी माँगती
राधा से अधिकार
कृष्ण का प्यार।

रात बरसे
साँवरे को तरसे
विरही सेज।

बाँसुरी बजी
वृन्दावन उमड़ा
जमुना तीर।

नैनों की डोर
जब उलझती है
मधुर लगे।

तबला संग
जब बाजे तम्बूरा
अँगुली नाचे।

कंगन-चूड़ी
सुहाग के लिए है
वैधव्य नहीं।

पीड़ा सहना
सबका भाग्य नहीं
उर में प्रेम।

पतंग कब
डोर से अलग हो
प्रतियोगिता।

कोहबर में
नाग-नागिन नाचें
नया सम्बन्ध।

गुड्डा-गुड़िया
बचपन खो गया
अनाथ हुए।

मोह भंग है
वास्तविकता देखी
छुटकारा है।

किसी की खोज
कहानी बन गई
अमर प्रेम।

बीन बजी है
नाग-नागिन नाचें
खेल-तमाशा।

मन से मन
जब मिल जाता है
लागी छूटे ना।

जींस-टी शर्ट
देशी लड़की भी है
कठपुतली।

नहीं होती है
जीत-हार की कैंची
प्रेम बन्धन।

पिकनिक में
साथी आवश्यक है
गुलमोहर।

जो कल बीता
जैसे पल बीता हो
मीठी यादें हैं।

नई पहल
जीवन में भर दें
राग-रागिनी।

आँखें भारी हैं
पलकें झपकी हैं
मीठा सपना।

नर-नारी हैं
जीवन के दो चक्र
दोनों पूरक।

वीणा के तार
जब झनझनाते
कोयल कूके।

अँगूठी खोई
सुधियाँ लुप्त हुईं
शाकुन्तलम।

सात वचन
फेरे भी सात ही हैं
गठबन्धन।

आँखों की नींद
उड़न छू होती है
पगला मन।

स्वर्ग-नर्क है
गृहणी के हाथ में
महत्वाकांक्षा।

आधुनिकता
रोम-रोम में खिला
फैशन शो है।

स्नेह की पाती
मन के द्वार आई
साँकल टूटी।

नैनों से नीर
जब भी बहता है
कुछ होता है।

साजन भूले
पगडंडी सूनी है
सौतियाडाह।

यौवनी दृग
चपल चितवन
धनुष-बाण।

अपनापन
पैदा करना चाहो
अहं को भूलो।

सागर होना
जीवन का लक्ष्य हो
छिछला नहीं।

सद्भावना है
दिखाना आसान है
किसी को लूटो।

नादान रिश्ता
जितनी जल्दी खत्म
उतना अच्छा।

बिखरापन
समेट सकते हैं
उजड़ा नहीं।

समयाभाव
सम्बन्ध टूटता है
मुख्य कारण।

मोबाइल है
झूठ की मशीन है
यह सच है।

पोस्ट आफिस
पत्र पहुँचाता है
नल नहीं है।

मन पंछी है
आसमान छूता है
परिश्रम है।

रात होती है
दुनिया चल पड़े
नींद के घर।

नारी भूमिका
एक कटी पतंग
आकाश नया।

सुख दु:ख है
एक ही समय है
रस्म बिदाई।

पराई पीड़ा
स्वयं भी पीड़ित हो
यही प्रेम है।

नारी की पीड़ा
नारी उत्पन्न करे
यह सत्य है।

पुत्री है बहू
स्थिति परिवर्तन
दायित्व बोध।

कोशिश करो
बात बन जाएगी
जो बिगड़ी है।

पारखी दृष्टि
अँधेरे कुँए में भी
झाँक ही लेगा।

रैन बसेरा
चिड़िया का घर है
बाबुल गाँव।

मन की बातें
भाषाई वर्णन हो
स्पष्ट होती हैं।

पाँव के छाले
अनगिन घाव है
पीड़ा उभरी।

लिफाफे पर
टिकट जरूरी था
वह कल था।

बच्चे सीखते
स्मार्ट फोन से सब
अर्थात् सब।

आवश्यक है
घर में शांति रहे
बजे पायल।

बढ़ जाती है
हृदय की गति है
सूनापन है।

मुस्कुराहट
पैदा नहीं की जाती
पैदा होती है।

खिड़की बन्द
दरवाजा खुला है
पर्दा नया है।

घर की बातें
बाहर न की जाएँ
लोग हँसेंगे।

अपनापन
आदान-प्रदान है
यही रीत है।

तिल का ताड़
दुनियाँ की रीत है
मौका मत दो।

पीड़ा की मात्रा
नहीं देखी जाती है
तीव्रता नापो।

प्रेम बन्धन
मजबूत होता है
जंजीरें नहीं।

बेला चमेली
जूही गुलाब चम्पा
सब सुख है।

उसका स्पर्श
केसर की गंध है
अद्भुत रहा।

यादों के फूल
क्यारी महकती है
मखमली है।

डर होता है
जो भी उलाहना हो
गले लगा लो।

चौंक जाता हूँ
पायल बजती है
नींद टूटी है।

प्रेम नहीं है
लाभ-हानि का सौदा
दिल्लगी नहीं।

प्रेम के बिना
जीवन नीरस है
मरूभूमि है।

चंदनी गंध
तन फूट रही है
इसे समेटो।

कटि प्रदेश
हो गया बरामद
सीनाजोरी है।

गोरी का गाँव
जैसे पवित्र तीर्थ
वृन्दावन है।

कच्ची डोर है
नेह का बन्धन है
फिर भी स्थायी।

जाम छलका
सभी दीवाने हुए
आँख का नशा।

राह में फूल
जो कोई पड़ा मिले
तेरा प्यार है।

मन मेरा है
तेरे नाम का तोता
रटता फिरे।

सुबह-शाम
बस एक ही काम
नैन प्यासे हैं।

एक प्रतीक्षा
उम्र बीत जाती है
पंथ निहारे।

अनगिनत
प्रश्न जन्म लेते हैं
नारी सम्बन्ध।

केश की घटा
मुखड़े पे छा गई
मेघ छिछोरे।

उसने देखा
मैंने भी उसे देखा
कुछ हो गया।

निद्रा–अनिद्रा
सब बराबर है
दीवानगी है।

आँखें झील हैं
सागर से गहरी
खतरा तो है।

ढाई अक्षर
रोम–रोम से फूटे
संत कबीर।

नैन निहारे
अपनापन ढूँढ़े
रीते मन में।

जो भूल गया
उसे याद न कर
मन को पीड़ा।

मैं और गोरी
जैसे पतंग की डोरी
उड़ते फिरें।

ढूँढ़ ही लेंगे
बादलों में चाँद है
प्रेम रतन।

प्रेम प्यार है
दिल की सौदेबाजी
व्यापार नहीं।

आँसू की धार
होठों पर गीत है
प्रीत की रीत।

यदि तू कहे
मैं दुनिया त्याग दूँ
राँझा हो जाऊँ।

नदी के तीर
प्रतीक्षा की घड़ी हो
देती है पीर।

प्रेम पंख है
जब निकलता है
नभ छोटा है।

वफा धोखा है
स्वार्थ सिद्धि होती है
करते रहो।

जो तुम कहो
वही मैं भी कहूँगा
यही वफा है।

गोरी के नैन
अनकहे ही कहें
प्रेम के बैन।

बीज बो गए
उनकी चाहत है
मयूर नाचा।

शाम हो गई
मन विकल हुआ
कोई आएगा।

मैंने कहा था
निभाना कठिन है
मजबूरी है।

प्रेम बोल हैं
पिंजड़े तोड़ते हैं
रस घोल दें।